À tous les membres de la famille

L'apprentissage de la lecture est l[...] importantes de la petite enfance. [...] onçue pour aider les enfants à devenir d[...] lire. Les jeunes lecteurs apprennent à [...] utilisés fréquemment comme « le », « est » [...] utilisant les techniques phoniques pour décoder de nouveaux mots et en interprétant les indices des illustrations et du texte. Ces livres offrent des histoires que les enfants aiment et la structure dont ils ont besoin pour lire couramment et sans aide. Voici des suggestions pour aider votre enfant avant, pendant et après la lecture.

Avant

Examinez la couverture et les illustrations, et demandez à votre enfant de prédire de quoi on parle dans le livre.

Lisez l'histoire à votre enfant.

Encouragez votre enfant à dire avec vous les formulations et les mots qui lui sont familiers.

Lisez une ligne et demandez à votre enfant de la relire après vous.

Pendant

Demandez à votre enfant de penser à un mot qu'il ne reconnaît pas tout de suite. Donnez-lui des indices comme : « On va voir si on connaît les sons » et « Est-ce qu'on a déjà lu un mot comme celui-là? ».

Encouragez l'enfant à utiliser ses compétences phoniques pour prononcer d'autres mots.

Lorsque l'enfant a besoin d'aide, lisez-lui le mot qui pose un problème, pour qu'il n'ait pas trop de mal à lire et que l'expérience de la lecture avec les parents soit positive.

Encouragez votre enfant à lire avec expression... comme un comédien!

Après

Proposez à votre enfant de dresser une liste des mots qu'il préfère.

Encouragez votre enfant à relire ses livres. Il peut les lire à ses frères et sœurs, à ses grands-parents et même à ses toutous. Les lectures répétées donnent confiance au jeune lecteur.

Parlez des histoires que vous avez lues. Posez des questions et répondez à celles de votre enfant. Partagez vos idées au sujet des personnages et des événements les plus amusants et les plus intéressants.

J'espère que vous et votre enfant allez aimer ce livre.

Francie Alexander,
spécialiste en lecture
Groupe des publications
éducatives de Scholastic

Mme Friselis

Liza

L'autobus magique est une marque déposée de Scholastic Inc.
Conception graphique : Rick DeMonico

Catalogage avant publication de Bibliothèque et Archives Canada

Earhart, Kristin
L'autobus magique au coeur de l'orage / Kristin Earhart ;
illustrations de Carolyn Bracken ; texte français d'Isabelle Allard.

Traduction de: The magic school bus weathers the storm.
ISBN 978-1-4431-2544-4

I. Bracken, Carolyn II. Allard, Isabelle III. Titre.

PZ23.E227Aur 2013   j813'.54   C2012-906896-9

Édition publiée par les Éditions Scholastic,
604, rue King Ouest, Toronto (Ontario) M5V 1E1

5 4 3 2 1   Imprimé au Canada 119   13 14 15 16 17

MIXTE
Papier issu de
sources responsables
FSC
www.fsc.org   FSC® C103113

L'autobus magique au coeur de l'orage

Jérôme Raphaël Kisha Pascale Carlos Thomas Catherine Hélène-Marie

Kristin Earhart

Illustrations de Carolyn Bracken
Texte français d'Isabelle Allard

**Inspiré des livres *L'autobus magique*
écrits par Joanna Cole et illustrés par Bruce Degen.**

L'auteure aimerait remercier Jonathan D. W. Kahl, professeur de sciences atmosphériques à l'université du Wisconsin-Milwaukee, pour ses conseils d'expert durant la préparation de ce livre.

Éditions
SCHOLASTIC

Nous nous amusons bien dans la classe de Mme Friselis.
Elle porte de drôles de vêtements et de chaussures.
Nous faisons souvent des excursions à bord de l'autobus magique!

L'air est chaud et humide.
Personne n'a envie de bouger.
Mme Friselis nous dit :
— Faisons une excursion!

TOUS DANS L'AUTOBUS!

BEAU TEMPS, MAUVAIS TEMPS
par Pascale

Le temps peut être chaud ou froid. Il peut être ensoleillé, nuageux ou venteux. Parfois, il pleut ou il neige. Il arrive même que des boules de glace appelées grêlons tombent du ciel!

Dehors, il fait chaud et lourd, mais le ciel est bleu.
— Il ne pleuvra pas, dit Kisha à Thomas.

IL N'Y A PAS DE NUAGES.

L'autobus magique roule jusqu'à un lac.
Puis il roule *dans* le lac.
Il se transforme en bateau.

Tout à coup, nous devenons tout petits.
Nous avons de minuscules parapluies.
Nous flottons dans le ciel.

13

19

— Montez! crie Mme Friselis.
Elle nous lance une corde et nous l'attrapons. Elle nous hisse à l'intérieur.

LE TEMPS EST À L'ORAGE.

IL VA PLEUVOIR DES CORDES!

Nous sommes en sécurité dans le ballon-sonde. Il descend dans le nuage. Il y a de l'électricité dans l'air.

LES ENFANTS, VOUS ALLEZ VOIR DES ÉCLAIRS!

JE PRÉFÈRE LES ÉCLAIRS AU CHOCOLAT...

LA FORME D'UN NUAGE D'ORAGE

21

Soudain, nous voyons un éclair zigzaguer vers le sol. C'est la foudre!
— La foudre est remplie d'énergie, dit Mme Friselis. Elle crée de la lumière, de la chaleur et du bruit.

Puis le fond de la nacelle du ballon-sonde s'ouvre.
Nous tombons!

Après avoir atterri, nous entendons un klaxon. Nous nous retrouvons aussitôt dans l'autobus!

29

FAITS INSOLITES

Le plus gros grêlon est tombé à Aurora, au Nebraska, le 22 juin 2003. Il mesurait 17 cm de diamètre et était plus gros qu'un cantaloup!

Chaque année, plus de 100 tempêtes de grêle s'abattent sur la Floride.

L'Empire State Building est frappé par la foudre environ 100 fois par an. Un paratonnerre protège l'édifice en déviant la foudre et en dissipant la chaleur et l'énergie.

La Tour CN, à Toronto, est aussi équipée d'un paratonnerre.

Un gros orage peut créer suffisamment d'énergie électrique pour alimenter toutes les lumières d'une petite ville — même celles de l'école!

La météo humoristique de Carlos

QU'OFFRE- T- ON EN CADEAU?

RÉPONSE : UN PARAPLUIE (EN CAS D'EAU)